見えない星に気付く時

Mienai hoshi ni kizuku toki * Nakano Masafumi

中野 雅文

文芸社

見えない星に気付く時

もくじ

第1章　昼ならば白い雲たち

第2章　愛したい感情

第3章　綺麗に生きる事

第4章 満月と花時代

第5章　生き続ける命

第1章 昼ならば白い雲たち

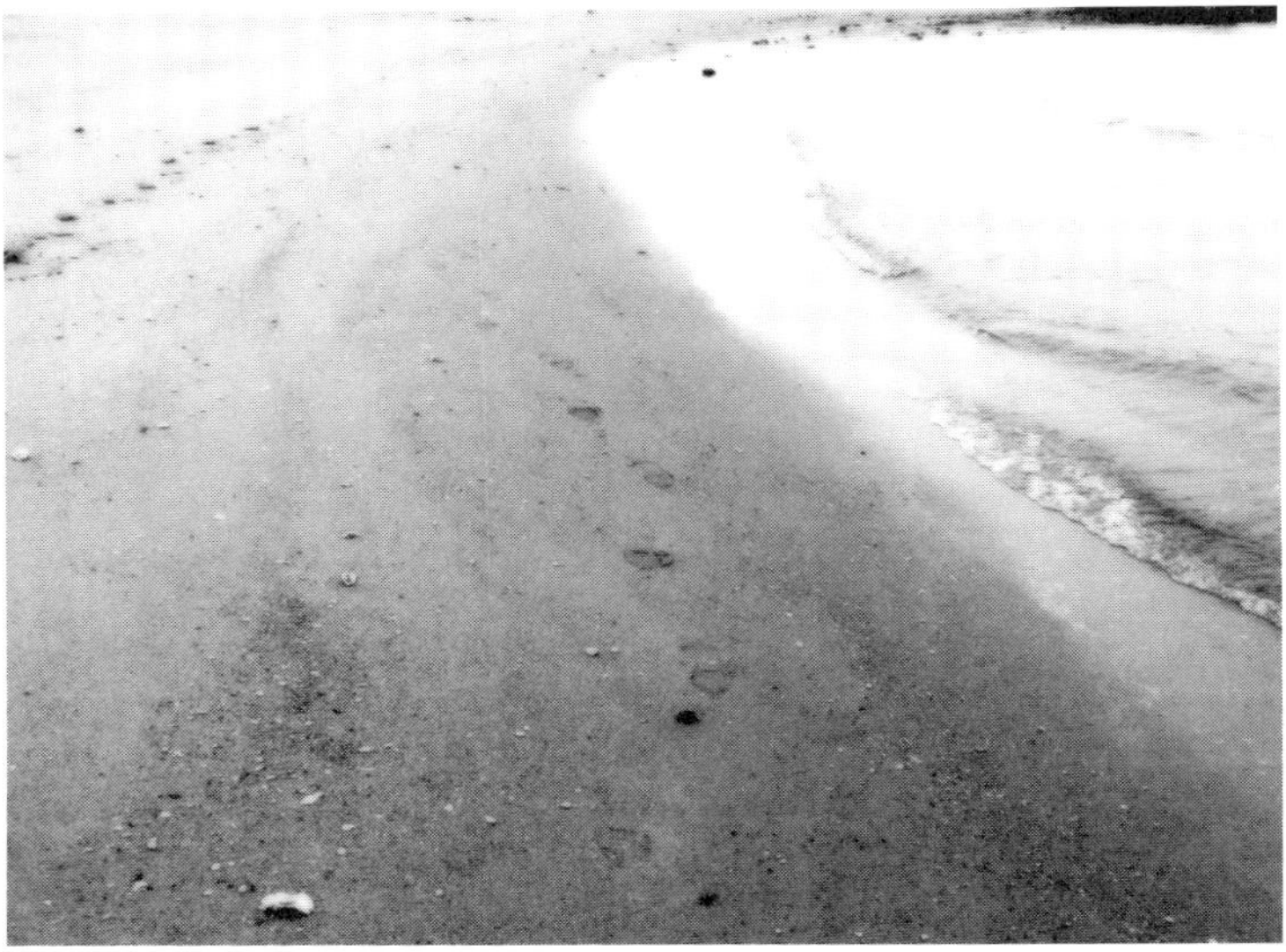

ろくでなしの詩

特にこれといった人生があるワケじゃない。
一秒先の事はわからんし、一秒前の事だってべつに選んだワケじゃない。
何もしなくても、時間は進む。無駄に過ごすと置いてかれた感じがするなぁ。

まぁ、それもいいか。
「すべて」と言う言葉。ただ、むなしい。
「すべて」が手に入る事はあるんかな?「すべて」が幸せになる事は?
表あれば裏もあり、1つのものはないのでは?
表のものが裏と思ってても、裏から見れば、表が裏なワケで。
表の裏は、裏の表であるワケで、どちらが表なのだろうか……。
もし自分が表に居るなら、裏の事は知らない。
裏の自分はどうだろう?

もしかしたら知ってるかも！　いや、そんな事はない。
と言ってみたところで、答えは2つである。
しかも、誰にこの答えが解るだろうか？　誰か知ってるかもしれない。
答えは2つ。またかよ……。
無限の答え探し。
「すべて」の問題は、人間に生まれた事にある。
男と女。
また2つ。

少年

「少年」という名の少年。
えーと、いつまでこの肩書きを使えるんでしょうかね？
少ない年なので、９才まで？
仮にそうとして、上限は出来た。下はいくつからかな？
０才　赤ん坊。１才　赤ん坊。２才……。
小学生は６才からだけど、１年生は少年？
うん！　それっぽいな。
そう考えると、９才までってのがおかしくなってくる。
小学生は少年だ。中学生も少年だろう。高校生までは少年でよくないかい？
18までが少年でいいのでしょう。
４、５才は赤ん坊じゃないよね。
幼年って言葉はあるんだろか？　あるなら４、５才は幼年だ。
ここで結論。少年時代＝６～18才。たぶんね……。

波の足跡

真っ白な太陽と真っ青な空の下、
すがすがしい風が吹く海辺にて、感じてきたもの。

ただ、砂浜を歩いただけなんだけど、妙に気持ちがいい。
「地球」を中心に置いて考えてみると、なんとなくわかる気がする。
気がするだけですけど……。

水の星の力強さと優しさと、そして切なさとを。
人間的モラトリアムを、葛藤の渦の中で認めてしまう切なさ。
同時に、自分がヒトである事の事実、地球人である事の現実を。

砂浜を裸足で歩いてみよう。波に近づいてみよう。

ある種の証拠である「足跡」。たった今残したそれは、波によってかき消される。
だが、それも気持ちがいいもんだ。
この星に溶け込んだ気がしませんか?
どんな人間でも受け入れてくれる、懐の広いこの場所は、「地球」である。

時はたち、真っ赤な夕日が現れる。
夕日をバックにセンチメンタルにひたるのも悪くない。
水平線に沈む夕日は、すばらしい景色の1枚。

波に触れながら、視線を空に向けてみよう。
昼ならば白い雲たち。
夜ならば輝く星たち。
どちらもこの星が見せてくれる空なのです。

砂浜に寝ころがってみると、波の音がよく聞こえる。
目を閉じてみよう。耳を澄ましてみよう。風を吸い込んでみよう。
何処か「心」に響くものを感じるはず。

これすべて、「地球」を「心」で感じているのではないのでしょうか？

波に消された足跡は、何故か「心」に響くものがある。姿、形は無いのにね。

それは、すべての始まりは「無」から生まれてきたからなのか？

サンドウィッチ

……間に生まれた子

空と海、天と地、過去と未来、時と時、
男と女……。

僕らはたしかに何かの間に生まれてきた。
そして、何かとの間に何かを生む。

何かとは、何か？

当てはめるのは自由である。
○＋△＝◇

の式が成り立てばいいのだから、
例えば……、で答えになる。

この単純だからこそ難しい問い。
正解も間違いもある。
ただ、１つの答えに対しての正解も間違いもあるのだ。

真の正解は何処にあるのだろうか……。

わかるワケがないよ。
いや、わかっちゃいけないんだよ。
そんな気がする。

深入りは危険なんですよ、この問いは！
「君子危うきに近寄らず」です。

しかし、疑問があると興味が出るのが悲しいサガ。

うーん、どうでしょう？　これ。

わかります？

「サンドウィッチ」の具は何でもいいのか？　ってのと同じですよ。

別に何でもいいよ。

何でもいいワケないだろ！

挟むものはパンじゃなきゃいけないんでしょうか？

別に何でもいいよ。

何でもいいワケないだろ！

そーゆう事です。

答えはコレといって無いんですよ。

難しい事考えずに、
「サンドウィッチ」でも食べましょう。
美味しければいいじゃないですかね。
それでいいんですよ。
楽しければいいんですよ……。

風

あー、夏がきた……。
あーっ！　夏がきたぁぁぁっ!!

言っておこう。
私は、暑いのは苦手である。
どーして夏は暑いのか？　暑いのは夏だからか？

こんな時は、風さんと遊ぼう！

さて、その方法とは？
誰か教えてくれい！
風を感じるのと、遊ぶのは若干違う。
まあ、遊ぶには感じなきゃいけないんだろーけど。

時に甘く、時に切なく、そして力強く。
すべて風さんが、僕らに合わせてくれる。
なんて素敵な風さん！

喜　怒　哀　楽
考えてみよう。
それぞれの感情に流れる風を。

ん
!?
春　夏　秋　冬
なんか似てるな？　イメージが。

風さん！　夏だからって、怒はやめてよね。
こーなったら、修業だ!!

風さんのなんたるやを学ぶ

無意味な時間

僕がいつも言っている事。
思想には、答えがいつも2つある。
結果や現実の世界ではね、1つなんだけど。
限られた時間の中で、無意味な時間はあるのか？
そもそも時間に意味なんてあるんだろうか？

時間→時の間（ときのあいだ）
流れ行く時の中で、刻んだ傷跡がどれだけの意味があると言うのだ！
1日24時間＝1440分＝8万6400秒。

1秒を時の間と考えても8万6400もの刻みがあるのだ。
刻まれた傷跡は　過去に記録されます。
全ての傷がね、地球の時記にね。

まあ、長い話がですね、その刻んだ時の間がですね、
自分のためになればいいんだ。
ならなくてもいいんだ。

どんな時間も無意味なんてないんだ。
意味がない行動でも、無意味な時間ではない！
これ、わかります？

夜と朝のあいだ

今日も終わりにさしかかってきました。
体と心、休める時を逃してますね、あきらかに。
睡眠は大切な事だと思いますが、
だいたい何時間寝たらいいんですかね？
人それぞれでしょうけど、よく聞くのは8時間。6時間。3時間。

気持ち良く寝る。
なんとすばらしい事なんでしょう！
まさに、天国のようです。

しかし、誰かが言ってましたが、
「寝る事より目覚める事が問題だ」と。
そうなんです。目覚めるとスタートします。
どんな事も寝る事でＯＦＦにします。

目覚めの時ONになります。

ONとOFF

どちらが大切ですか？
僕はONだと思うなぁ。はい。
OFFには「安心感」
ONには「恐怖感」
それらを感じてしまうのです。
ONの方が問題ですね。

さてと、そろそろOFFにしましょうかね。
次にONになるまで、休めます。

誰か、OFFスイッチおしてくれ！
そしてONタイマーを設定しておいてくれ。
くれぐれも黄色のスイッチはおさないように……。

プラグ

いつの間にか真っ黒に汚れてしまった。
すすだらけでは、エンジンに火をつける事もできないなぁ。
と、言うかね、エンジン停止してるんじゃないかな？
動いてますか？　僕のエンジン？

物事は最初が肝心。よく聞く言葉ですね。
土台をしっかり造っとかないと、高い建物は造れません。

人生はもう随分進みましたが、根元の方は大丈夫かな？
崩れたらたいへんだ！
三つ子の魂、百まで。
まさにこの事ですね。

せっかく命の炎を燃やして生まれたのに、
燃え尽きるのが速いのは惜しい……。

そろそろ、整備が必要みたいですよ。
今一度、プラグを磨き、オイルを変えて、
エンジンに火をつけましょう。

命の鼓動＝アイドリング
感じるのならば、生きてる証拠。
まだまだ、情熱の炎は消えちゃいないぜ！

綺麗になった魂のプラグで、
ほこり被った潜在能力に火をつけましょう。

「魂のプラグ」　非売品。

階段

階段は横に進むもんじゃないんだぞ！
君は何を考えてるのかね？

階段を降りたり昇ったりするのはですね、
まだ50％くらいしか使いこなせてないんですよ。
もっと階段を見ましょう!!

例えば、階段の角でスネを打ったら痛いでしょう。弁慶も泣きます。
そこを利用して、ゆで卵の殻を割れますし、
誰かの頭もカチ割れます。
なんて物騒な事とお思いでしょうが、なんせ
「怪談」ですので……失敬！

例えば、丸太で出来た階段。山に行くと見れますね。
ちょこっと蜜を塗れば、たちまち虫達の憩いの場です。
これに便乗しない手はありません！
負けじとヒトを集めましょう。
するとどうでしょう。ちっちゃなユートピアが出来上がります。

例えば、算数が苦手なお子さん。
階段を使って、たし算やひき算ができますね。
体が弱い子には持って来いです。
頭脳明晰、スポーツ万能を目指しましょう！

まあ、これだけでも70％ぐらいですか？
そんなもんです。あとは皆さんで探して見て下さい。

生まれた日

初めて生まれた日。
なんで生まれてきたんでしょうか？
どんな意味があって？

両親の遺伝子を約50％ずつ受け継ぎ、
生まれ持ったスキルが決まります。
心・技・体　だいたい決まりますね。

あとは、環境と運の問題であるんだろうな。
その中で学び、行動するワケですけども、
いろんな考えが浮かびます。

生まれた日。生まれ変わった日。

人生は一度きりですが、生まれた日は何度あっても
いいと思います。
ヒトとの出逢いや別れで培った記憶。
生まれ持った力で答えを導きましょう。

まさに、ダイヤモンドの原石であるヒト。
可能性は無限大だと……。
磨くのは自分一人じゃないんだと……。

そこら辺の石ころでも美しい。
ですが、みんなが普通の石じゃつまんないです。
いろんな石があっていいはずです。

生まれましょう！
すばらしい今日に。輝ける未来に。

新しく生まれた日。

CHANCE

これはチャンスだ！
はっきり言える。チャンスが来たんだ。
願っても無い、このタイミング。最高だなぁ。

縦に並べられてた人生の駒を
横に並べるんだ！　ガラリと変えるんだ！
新しい世界が見えるはずだから……。

しかし、変わらないモノがある。
駒自体の数と質。そして、真ん中のそれ。
心の芯は変わらない。不動の一粒。

それは、自分らしさや課せられた業ではないだろうか？
構えが違うのだよ。
縦の構えから、横の構えに。
なんだか一つ進歩した気分になるだろう。
そうやって繋げて、一つのカタをつくるのさ。

ほら、チャンスが来たぞ！

第2章　愛したい感情

実行パーセント

ヒトの実行率は、かなり低いと思う。

なぜなら、言うだけは「タダ」だからだ。

「夢」や「希望」はいっぱいあった方が、楽しいにきまってる。

そして、「欲望」や「野望」も。


はたして、それらをどれだけ実行できるかが、ヒトとしての真価である。

それを数字に表したのが「実行パーセント」である。


残念ながら私は、パーセンテージは低い。

30％アルかナイかわからないのが現状だ。

実行するには「知識と経験」「行動力と判断力」「気力と体力」「努力と根性」が必要なのだ。

そして、「才と運」

「実行パーセント」を上げるのは、とても大変な事だと思う。
それだけ「言葉の重み」を感じなくてはならない。

１００％のヒトが居るとしたら、
それは「正直者」だ。

明日

明日とは……？


今日が1日とすると2日が明日。

2日になると3日が明日。3日になると……。

明日を味わえないじゃないか！


「明日が待ちどおしい」

次の日になると今日。

待ちに待った日になると、明日は次の日。


明日とは？

踏み入れない日。ヒトはみな、明日を追いかける。

今日と言う日を生きている。

追いつけないものかな～？　明日って。

「明日があるさ」
今日がダメでも明日はいいかもよ。
そして、次の日も
今日がだめでも明日はいいかもよ。
そして、次の日。
今日は良かったじゃないか！　明日も頑張れ。

結局、明日には生きるコトが出来ない。
明日に夢見ていれば、今日が変わるさ。
今日が変われば、明日も変わるだろう。

そうやって生きて行くんだろうね。
明日のタメに今日と言う日を生きてるんだ。

そう、明日のために……。

愛について考える

そして僕は、塩になった……。


過去は消せない。

消す必要はないと思う。

「なぜか？」

それは、生きているからだ。

過去を処理するのに時間はそれぞれだろうけど、
いつか必ず生きた証しになる。
とても大切なコトだと思うし、尊いものだと思う。

過去の数だけ、行動がある。

何千、何万、何億とパターンがあり、

組み合わせて行くのは、誰でもない自分だ。
自分を信じるしかないんだ。

過去のあやまちもあるだろう。
ヒトはみな、そこから学び、糧とする。
あやまちこそ、お勉強なのだ。

過去を恥じることはないね。
もっと過去を愛しましょう。愛されましょう。
全ての過去を知っているのは、自分だけなんですから。

過去と愛。
背負うものが重いほど、きっとこれから役にたつ。
過去を愛せば、それは育つはずです。
愛を使うのです。自分のために。

そして、みんなのために。

それぞれの……

なんだかんだ言ったところで、
ヒトそれぞれの生活があるんだなぁ。
素敵だよね、それぞれの歩く道ってさ。

邪魔になることってあるけど、道が消えてるわけじゃないし、
よけたり、壊したり、越えたりしてさ、歩き続けてくんだよね。

どんな道かはわからないけど、歩いていけばいいんだよね。
例えばどんな道？　って聞かれても知らないよ。
考えつく全ての道が存在すると思うからね。

それぞれの道を歩いて来たヒト達が集まる場所があって、

クロスロードな場所があって、
また、それぞれの道を行くんだろう。一緒の道を歩くのかもしれない。
二人、三人、四人とね。

僕はね、自分の道を大切にしたいんだ。
たとえ険しいものだとしても、自分の道だからね、
受けてたつのさ。負けてられないよ。

足止めをくらっても、いつか前に進めるって信じてるから、
「くじけない心」持ちます。

それぞれのかたち。

どう思うかは、それぞれだ。

懐かしい香り

さてさて、今日はもうすぐＯＦＦの時間だ。
昨日が懐かしいな。この前が懐かしい。
そういえば、あれはいつだったかなぁ？
うーん、思い出せない……。思い出せない。

こんな時は、その時と同じ行動をとると不意に思い出すもんだよね。
記憶の扉を開けるんだ。鍵が必要なんだな。

目をつぶって、思いっきり空気を吸い込む。

んっ!?
なんだろ？　前にも似たようなコトがあったぞ？
あ～、そうか！　あれだ。あれ！

あれですよ。
な～んだ、あれだったんだ。
これだったんだぁ！

この香りはあの時の香り。
そう、あの時の……。
どこかで嗅いだコトあると思ったらね～。
これだったとはね。

懐かしい香りがした。

煙草のある生活

おや？　煙草が無くなったみたいだぞ。
新しく買いにいかなければ。
歩けばすぐ近くに売ってるぞ。

そう言えば、喫煙者が減ったらしい。
以前にも増して、喫煙者の立場が弱くなるな〜。
でもね、これはいいコトなんだな！
煙草を吸うオイラにとって嬉しいコトなんだ。

何故かって？
隅っこに追いやられる気持ち。好きなんですよ。
いつだって少数派。マイノリティーが好きなんですよ。

そして、男を演出する上でかかせない存在です。
背中に哀愁が漂う男には、煙草の煙がよく似合う。
親父さんが煙草を吸ってたら、後ろから観てみましょう。
モノトーンの世界がそこにあるはずです。

また1本。
大人を味わう、静かな時間。

わずか2㎞の旅

ちょうど100ｍ先にバス停がある。
歩いても煙草1本分の距離だ。
その20倍の距離を歩く。時に走り、時に止まる。
いろんな物といろんな者とすれ違った。

ふと、気付くことがあった。
この道を歩く人達。この地域の人達は、似ている。
なんと言うか、性格とは別で、性質が同じだ。
たった1㎞、500ｍ違うだけで、こんなに違う。

これも小さな文化なのか？
そう考えると、日本だけでもいろんな文化があるんだな。

「狭いけど広い」と、意味不明な言葉が思い浮かぶ。

足が疲れた。歩き疲れた。
ちょっと休んで行こうかな。
この地域が、いいトコロだと信じよう。

今日の気分は温かさにふれたい。
さて、心のお味は……？

自分に嘘をつくコト

今日も良い天気でございますね。
あいかわらずお元気のようで……。

これでも考えて生きてますよ。
いかに幸せに生きるかをね。
その答えが間違っていたとしても、僕は幸せなんだ。
真っ赤な血が流れているんです。人間なんだ。
歌も歌えば、笑いもする。寝起きに始まりを感じます。

この広い世界の中で、たった一人の存在である自分。
たった一人。これほど価値のあるものなんてありませんよ。

素直に生きるのは、いいコトです。

わがままに生きるのも、いいコトです。
人に迷惑をかけないで生きるのは、無理です。

自覚というモノが大事なのでは？
自分を認めなきゃいけないと思います。
優しくする。厳しくする。
何故そうするのかは自分しかわからないのですから、
素直な答えでわがままに。いや、我がままに。

自分に嘘をつくと、嘘の本当の意味がわかる気がします。

ええ、今日も元気ですよ。

嘘じゃないですよ……。

大切に思うコト

「そんな簡単に言うなよ」
こう思うコトが結構あります。

問題はいつも解くタメにある。
難しいからこその人生。
そう思ってきましたが、意外と間違いかもしれません。
簡単だからこそ難しく思える。

いつだってそうです。
答えを知っている者は、その問いが簡単に思える。
気付かないと難しいのです。
答えが目の前にあっても、答えと気付かなければ
答えではありません。

もしかしたら、それを答えと認めたくない
だけかもしれません。
出口の扉はココなのに、わざわざ遠回りしてくる。
そこなんですよ。
出口に辿り着くまでに、どのくらい見てきたか。
どのくらい手に入れたか。

時間をかけて生きてきたんですから、
気付いたものがあるはずです。

僕は昔いた場所にもどりました。
そこにいるのは、今の僕です。
時間と言う場所は、懐かしくもあり新しくもあります。

なんとなく切ないです。
簡単に思える答えも、遠回りして行こうと思います。
見落としているものを見つけるタメにね。

出逢いと別れ

今までの出逢いと、今までの別れ。
比率的に出逢いが多いのはご承知の通りです。
出逢いなくして、別れなし！
よって、この二つは同等ではないのです。
表裏一体ではないのです。

出逢いの裏は？
出逢わない。でしょうか？
何か語呂が悪いですよね。コレ。

別れの裏は？
別れない。別れ知らず。別れることはない。

一つでしかない。
でしょうか？

そうくると、出逢い知らず。出逢うことはない。一つにならない。

しかし、こう考えましょう。
出逢ったから別れが来た。
別れたから出逢いがあった。
この考え方には、時が関係してきます。

時の流れの中では、別れから出逢いが生まれます。

何が言いたいのかと？
要するに、出逢いと別れは対比してるのかもしれないと。

壁

昔、こんな話を書いたコトがあった……。
今回は過去の原稿通りに書きます。

『完璧』～ Perfect ～

完璧なヒト。そんなヒトはこの地球上にいるのだろうか……。
ヒトにはいろんな壁がある。その終わりに位置するのが完璧。
自分では終わりだと思っていても、実はまだ上まで続いている壁。
他人が見ても終わりだと思われても、まだ上まで続いている壁。
それは、壁を登り終えたヒトが上を見た時に見える壁。
けして、他人や満足しているヒトには見えない壁。
壁はどこまで続いているのだろうか？

生きた証し

ヒトはいずれ消えて無くなる。
命あるもの全てだ。

新しい命のタメにワタシたちは消える。
消えなくてはならないのだ。宿命なのだ。しかたないコトである。

当たり前のコトだが、生きている今現在。
そのコトに目をつぶっている感があるのではないでしょうか？
何のタメに生まれてきたのか？　ワタシは何なのか？
そんなコトに答えなど求めないで、今を生きようとしているワタシたち。

だが、思う。

『生きた』という、証しを残したいと。
次世代に語り継がれるものとは？　はたして何を残せるだろうか？
考えたらすぐ出てきた。
それは、『子孫』だ。

ワタシは、親の生きた証しであり、遠い先祖の生きた証しである。
今までに歴史に名を残してないとしたら、唯一の『生きた証し』だ。

それに気付いた時、こう思う。
ワタシには血が流れている。真っ赤な血が。
流れが止まった時、全ての流れが止まる。

いつの日か、ワタシは『生きた証し』を残そう。
消えて無くなっても、その存在を示すような何かを。

感情の自由

ワタシ達はいつくかの感情、いくつもの感情を持っている。

代表的には、喜怒哀楽。


最近になって考えた。

感情に優劣を付けられるのでしょうか？

楽しいと悲しい。喜ぶと怒る。


昔の人が言いました。

「人類、みな平等」

平等ですよ？　世間を見回してみて、何処に平等が？

「自由と平等」　自由？　平等？

人の持っている感情は、平等なんでしょうか？
つまり、心の部分で。考える部分では。
考えるのは自由ですし、みなさんいろんな考えを持っています。
考えるツールとして感情はありますよね。
知識と経験。そして、ヒトの感性。

感情を持つコトは平等ですね。
ココで言いたいのは、誰でも持っている感情。
１０８の煩悩、持ってるワケですよ。確実に。
ただ、自分自身で感情に優劣を付け生活している。
忘れてる、いやいや眠っている感情があるんじゃないかと。

愛したい感情があれば、殺したい感情もあるワケです。
それを許さない感情まであるし、全てを許す感情もあるでしょう。

自由に考える。ルール無用。
平等に考える。ルール無用。

規則だとか、決まりだとかが無ければ、
ヒトは生きていけないでしょう。
なんせ自由なんですから。

ヒト以外の生命体にもルールはあります。
「野生の掟」とか聞きますしね。
大昔のヒトにもこの「野生の掟」はあったんでしょうか？

ワタシ達は自分らで造ってきた掟を壊す。
そして、また造って、また壊す。

感情のコントロールをしようとする以上、
隠された感情に脅えないといけないんだな。
隠してしまった過去の感情は、影として付きまとう。

影の方が人間らしかったりして……。

フーセンガムの美学

ちっちゃい頃、よくフーセンガムを噛んだっけ。
あの時はどれだけ大きいフーセンを作れるかが、勝負だった。

今、まさにマイブームの兆し！
フーセンガムの魅力に迫るとしよう。

もともと煙草の代わりに噛み始めたガム。
口が淋しいと言っている。そうに違いないのだ。
煙草の代わりになるものを探した。さてと、どこからヒントを得ようかな？
どこって言ったってねぇ、漫画しかないでしょう。（なぜ？）
映画は煙草が多すぎる。リアルな男のカッコ良さはここにあり。
ワタシが求めているのは、マインドな部分。

いわゆる精神的なカッコ良さ。
簡潔に自己満足の世界なのだ。
それこそ、マイブームたるものではなかろうか。

アレコレ試した末、フーセンガムに辿り着いたのであります。
幼少期に戻ったのか？　いやいや違いますよ。
この年になって気付いたのだ！

ただ単に大きくすれば良いってもんじゃないんだ。
どれだけカッコ良く、なのだ！
膨らますその時のタイミング・場所・天気・姿勢にいたるまで。
それに速度や大きさ・割りかたまで、感性をフルに使って考えるのだ。
演出をするのだ。
表情も大事だな。
喜怒哀楽の各バージョンのタメに、無理矢理その状態に持っていく。

そう、全てはフーセンガムのタメに。

自分のタメに……。

もう一つ、気付いた点。
フーセンガムのセックスアピールだ！
何も考えずにフーセンを作ってみた。すると……、
まさにキスする時と同じじゃないか⁉
しかも、甘いキスだ。ガムに味が付いてるからな！
いやはや、ちっちゃい時には気付かないもんですな。

まぁ、ちょっと説明しづらいんですが、
少なくともワタシにとって、
フーセンガムは煙草と同じくらいの男の美学を感じています。

夕日に向かってフーセンガムなのさ。

夢の現実

夢の現実。
夢と現実。とは、大きく違います。
「の」と「と」では大違いですね。
夢に現実。「と」と同じ。
夢は現実。「の」に近い。
夢か現実。「と」の意味合いを持つ。
夢さ現実。「は」と同じ。
夢も現実。「は」に近い。
夢を現実。「も」に近からず、遠からず。
夢へ現実。「を」に近いかな？
夢や現実。「と」と同じ。

一文字違いでこれだけ違う。
ちょこっと違うってのがありますが、
印象度の問題でしょう。

例えば、夢の現実。↓現実の夢。
なんか違いますよね？　印象が！
後に持ってきた言葉の方が印象深いです。
倒置法とかそこら辺です。

と、こんなコトを言いたいんじゃない！

夢の現実。
今欲しいのはコレだ！　と、いうコトです。
夢を叶えるタメに現実があります。
夢を夢のままで終わらせるのは悲しいです。
現実もしかりです。

ならば、混ぜてしまおう。そう思うのです。

いろんな御意見がお有りでしょう。
「夢は現実と違うから、夢なんだ」とかね。
今までは「夢が現実になったら、それは現実だ」
なんて思ってましたが、そうじゃないんだ。
「夢の現実」を実現させるコトが出来たら、それはとてもすばらしいコトなんだ。
ファジーな表現ですが、人生ってその狭間で生きてますからね。
「現実の夢」にならない様に生きてきますとも。

星空

星を見ることは、簡単なコトさ。
その足下ばっかり見て歩いている頭を、上に向けるだけさ。
ほ~ら、星が奇麗だろう。夜空が奇麗だろう。

君は知っているか？
星達を繋げて、命を与えたヒト達が居たコトを。
考えたコトも無いって？
だから星を見るコトも知らなかったんだよ。
簡単なコトだったんだ。

見る者によって、星の繋ぎ方はそれぞれさ。

星達は、ただそこに居ただけなんだよ。

夜空と呼ばれるキャンパスに居ただけ。ただ居ただけさ。
今こうして星空を見ているのもね、
僕らがココに居ただけなんだ。
とても簡単なコトだったんだ。

欲望の果て

いつも思うコト。
自分は欲張りだから、つまんない。
夢や希望でいっぱいなのです。

ああしたい、こうしたい、
何故出来ない？　どうしたらいいのか？
そんなコトをよく考えます。

欲望を満たすコトは出来るのだろうか？
満たされたら次の欲望が生まれてしまう。
それの繰り返しだ。

欲望を満たした回数が多い程、ヒトは賢くなる。
ほんとにそう思う。間違いないだろう。
目標のタメに努力をして、身に付けて結果を出す。

結果が出たら次の目標に向かう。
結果を出した事柄は、確実に自分のスキルになる。
満たせば満たす程、力がつくのだ。

だから思う。
欲望と言う言葉。イメージはあまり良くはないかもしれないが、
人生の中でとても大切なモノの1つ。

ヒトの追い求める夢や希望に負けない、
大切な意識だと。
欲望を隠すつもりは無い。
消すつもりも無い。
あるのは、叶えるだけだ。

なにか間違ってるのだろうか？
つまらなさを感じてしまう。
何故だろうか……？

足下を見よ！

簡単なコトであるコトは間違いなし！
探し物はそこにある。……かもしれません。

いったい何が言いたいのか？

気付かないコトって多いですよね。
外から見れば、すぐそこにある現実なのに、
それが見えてない。それも現実。

考えが一直線だとそうなりやすいのかな？
しかし、ヒトより一歩先が見えるのは確かだ！
どっちがいいかなんてワタシには言えませんね。

足下に迫るもの。それは危険。

逃がしてきたそれは、とても危険。
人生を歩む大事な足。大事な脚。
ワタシ達は考える葦。

ここで足払いを喰らうワケにはいけません。
どうしましょうか？
耐えますか？　避けますか？　迫り来るものを破壊しますか？
もうこれはファイトですね!!

探し物だけじゃありません。
危険も夢も希望も、足下にあるかもしれません。
前ばかり見てないで、下も上も見ましょう。

と言いながら、一直線なヒトが好きなトキだってあるんですよ♪

第3章　綺麗に生きる事

初志貫徹

【初心を忘れずに】ってことです。
この言葉がこんなにポピュラーなのは、きっと忘れる方が多いからでしょう。
まあ、ボクもその中の一人ですけど。

どうしても忘れてしまうんですね！　コレ!!
登っていく階段が楽ならば楽な程、最初の心意気を失ってしまう。
逆に、キツすぎると諦めてしまう。最初の意気込みは何処へ行ったのやら？
丁度良いのが丁度良いのでしょう。

この丁度良い具合ってのがですね、解らないんですよね。
何故忘れてしまうんでしょうか？
慣れ？って事なんでしょうかね？
初心って言葉事態に問題があるんです。

初めの心を終わりまで持っていけるか？

終わりの心は終心。途中の心は中心。
初心＝中心＝終心　でなければいけないのです！

初心＝終心　これでいいのか？
初心＝終心＋中心　いわゆる成功。
初心＝終心－中心　いわゆる失敗。

終心＝初心＋中心　最も望むべき成功。
終わった時に初めの願いと＋α。
×αの場合、１以上でなければいけません。

よって、導き出した答えは！

終心＝A　初心＝B　中心＝C　とすると、
A＝B×C（?＞1）と、なるワケです。

今日の授業はおしまいっ!!

全てに対して

最近、やたらと考える事があります。
ヒトの生き方って、何でそうなんだよ。何でそれなんだよ。
ほぼ一直線だな。ヒトっていう枠の中。

他の生物なんてのは、もっと一直線。
このままじゃ進化出来ないのでは？
そもそも進化してヒトになったのだろうか？
もしそうなら、進化の兆しが見えない。
成長って点でも似てるような気がする。

だいたいが解らない。
何が？って、ヒトの考え、気持ち。
『それ、解る!!』って同調する事は多々あります。
線と線が交わる場所。交差点。

何故か嬉しかったりする。そうですよね？
仲間がいれば、友達がいれば、それだけで楽しい。
そんな感情を持っています。
太い1本線になれば、いわゆる【強い】

赤信号、みんなで渡れば恐くない。

なるほど、納得。その気持ち理解出来る。
すでに一直線のスタイルに入ってしまっている。
自分で解る。
この社会で楽しく生きようと考えている。
人生を楽しいモノにしたいと思っている。
だけど、上手くいかずに落ち込んだり、怒ったり、泣いたりする。

さて、本題。

今の私の考えは、【矛盾】している。
と、思っている。

環境や性別に流されているんではなかろうか？
すごい速度で。すごい角度で。
何故かしっくりこない日々の原因は、
ここにあるのではないかと思う。

私は勇気がない憶病者だ。
ヒトに嫌われるのがイヤだった。
イヤだったのです。甘かったのです。
選択は2つ用意されている。3つかもしれない。
それを棒に振るような臆病さ。
しかし好奇心は強い。知りたがりである。
そのパワーの源も、臆病からきていた。
恐かったから。

もう、飽きた。
ぶつかって痛いかもしれない壁には、
ぶつかってみないと解らん!!
失敗したら恐いかもしれないが、
失敗しないと解らん!!

文句言うやつには言わせておけばいいさ。
嫌われたっていいさ。恐がることないさ。
戦わずして、勝利も敗北も無い。

他人と違う考えを持ったっていいさ。
ヒトそれぞれと言うわりには、間違いは許さない。
正義をもって悪を制す。
どっちがどっちなんだか……。

そんな矛盾が人間らしい。
私はそう思う。だから悩むのだ。

与えられた光

悩んでいる時、自分が暗闇にいると思ってしまう。
救いの手を差し伸べられると、それが輝いて見えるものだ。
何となく想像できる話ですよね。
それでいいんです。それが始まりです。
後はその見る深さ。いわゆる角度。
想像を膨らますことで出てくる話の数。
救いの手が何故輝いているのか？
何故に手なのか？
そんなことは小さい時から思ってました。

今考えるのは、
何故、救いの手が暗闇にいる己の居場所が解るのか？
これです。想像から出た新たな話。

救いの主は、何でも知っている。
そんな答えは好きじゃないです。

暗闇の中にいても、輝きは隠せない。
救いの手が輝いているのなら、君自身も輝いているのだ。
輝きがないと見つける事はできないぞ。

ただ、居る場所が違う。
居て欲しい場所が違う。輝いているから。

夢や希望を持っているのなら、その場所へ行くべきなのだと思う。
それを持っていながら、暗闇に落とし続けていては損だと思う。

夢や希望が輝いているとは限りません。
己の磨き方次第というところでしょう。
輝いていると、輝いているところから救いの手が来る事でしょう。

与えられた夢や希望。
それらを光に変えるのが、今の私のするべき事である。
そこで初めて、己の道を照らし出すことができるのだ。
進むべき道は、その時姿を現すのでは？

自分自身が光輝くタメに、
他の誰かのタメじゃない、自分のタメに。

海　～SEA～

ただそこに行っただけだった。
そこら辺にある海に行っただけです。
岩場を歩いたり、砂浜を歩いたり、堤防に寝っ転がったり。

ふと思った事。
この海は僕に気付いているのだろうか？
ここに居る事に何か感じているのだろうか？
煙草を吸ったり、本を読んだりしている僕を見ているんだろうか？

こんな事を書くと、海に意志がある訳ない！
と、思われがちです。まあ、間違いないでしょう。
海は語りませんし、何かをくれる訳でもありません。

例えば、ゴミを捨てても、思いの丈を叫んでも、海は何も言いません。
ここで出逢おうが、別れようが関係ないんでしょう。
死んだってそうです。

僕ら人間が出来事を起こしても、海は何も語りません。
ただ自然の赴くままにそこに存在するだけです。
人間が勝手に思い描いた海でしかないのです。

空にしても一緒。風だってそうです。
そうなっただけなんです。理由なんて無い。
それで人が傷つこうが関係ないんです。
逆もありき。助かっても関係ないって事です。

自然に対して感情を求める事自体が問題なのでしょう。
僕の人生のタイミングとばっちり合った時なんかはですね、感動するんですけど。
言うなれば、勝手な想像。

自然とそうなっただけなんでしょう。

しかし、それが好きなんですよね！
自分の感情の違いでそのモノ自体の捉え方が違う。
雨なんて特にそうです。
僕が勝手に盛り上がってるだけなんですけど。

陸があって海があって、僕は海を眺める事が出来た。
海に触れなくても、包み込まれた気持ちになった。
ロマンティックな情景はそこら辺に転がっているもんだ。
必要なのは気持ち次第ってね。
あまりにも簡単であって、とても難しい。

やがて太陽が沈み、辺りが暗くなり始めた頃、
帰り道に現れたのは、金色に輝く月でした。
海を背にする僕にあるものは、海から感じ取った気持ち。

またここに来よう。
何故そう思ったのか？　ただそう思っただけです。
気持ち……心がそうさせる。
海が何故あるのか？　その問いと同じくらいに、簡単で難しい。
僕はただそこに行っただけである。

コアの問題

コア（CORE）　核　中心部　神髄
ボクは思った。これはコアの問題なんだと。
自分が生きる上でのコア、すなわち自分。

思い通りにならなかった時、悩みます。
相手に何を望む？　何故相手を変えようとする？
今の状態がイヤなのならば、自分が変わっていけばいいのだ!!

A地点にいたとする。Sを見る。
Sの裏側を見たいとする。どうにかして、Sを裏返そうとする。
これがなかなか上手くいかない!!
悩む。イラつく。あきらめたりする。
B地点に移動してみる。Sを見る。
Sの裏側が見える。Sから見ても、違って見える。

『Sから見える……』が大切なのではないでしょうか？

この場合、移動地点が問題なのですが、
それはSを見るという信念、あきらめない強さがあればね、
良い場所に行けると思います。
動かないのが一番つまんないかと。

生きていく中で問題はいっぱいあるでしょう。
でも、その大半はコアの問題だと思うのです。
自分が変われば、それでいい。

壁にぶつかる。
壁をブチ壊すコトだけが目的じゃない。
ぶつかっていく楽しみ。自分を知る、そして高めていく楽しみ。
そんなのがあるのではないでしょうか？

問題は、自分自身＝コアにある。

信じる嘘

これだけは信じている。
考えてみると、数限りなく存在するような気がします。
いったいボクは何を信じてるんだろうか？
何を信じていいのだろうか？

信じるものは多い方がいい？
それとも少ない方がいい？　どうだろうか？
信じるものは一個あればいいかな。
強く信じているのならば、それがいいのかな。
あれこれ信じても、迷ってしまいますしね。振り回される事でしょう。

ただ、自分が信じているものに疑問を抱いてしまったら？
何も信じるものが無い。必然的にそうなります。

ならなかったら、そりゃ嘘だったたって事。

ボクはこの嘘こそが、信じる事が出来る一番の理由かもしれません。
生涯の間、どれほどの嘘をついてきただろうか？　一万回？
いやいや、もっとだ!!
何かを話した時、すでに嘘が始まってる。
それは優しさからかもしれないし、忘れていただけなのかもしれない。
悪意なんてのは、嘘を悪いイメージにしてるだけで、善意と変わらないさ。

人の心を動かす言葉、『嘘』
何も悪い事じゃないと思います。
信じられないと思う瞬間、決め手は嘘ですよね。
軽々しい話には嘘が渦巻いてます。幸せを運んだりします。
それでいいんだと思います。

こんな事を言っていながら、嘘に翻弄されているボク。
自分に嘘をついているからなのでしょう。

そして、それを信じきれてないから。

曖昧すぎる人間を、信じきれてないのです。

極端に生きてる方が信じやすい。解りやすいです。


「嘘つきは　泥棒の始まり」

人の心を盗む、ニクイ奴なのです。

嘘つき＝悪い奴　この形式が一般化してるかぎり、
人はみな、わるーい奴等なのだ。

「嘘をついた事はありません」

これのどこを信じればいいのでしょうか？


とても人間らしい行動、言動だと思う。

嘘も一つの要素だと思います。

人が信じあう中に必要な事だと思います。


「つまんない嘘は、やめましょうね!!」

強い弱さ

弱いのはわかった。
その弱さでは生きていけないのか？
あなたは「弱い」と自分で言う。「強くなりたい」と言う。
どんなに頑張っても、どんなにつらい壁を乗り越えても、「弱い」と言う。

ちゃんと生きていけてるじゃないか。
弱いからダメなんて事はないんだな。弱くて何が悪いというのだ⁉

実のところ、あたな自身が一番そう思ってるんじゃないのかな？
強くなるには傷つかなきゃいけない。痛い思いをしなくちゃいけない。
それが恐くて答えを出せないんじゃないのかな？

奇麗に生きる事は非常に難しいと思う。

汚い事を隠さなきゃいけないのだから。
消す事は出来ない！　奇麗がある以上、汚いモノは存在する。
まさに、光と闇なのだ。

そして、強さも……
あやふやな弱さは、禍の元になってしまう。
隠さずに生きていこう。それが強さの始まりだ。
自ら認めよ！　その「弱さ」を!!
弱いのはわかった。

あなたは「弱い」と言う。
でも、本当にそう思っているのですか？　よく考えてみて下さい。
他人にはわからない。が、自分もわかってない。
自分がどれだけ弱いのかなんて、わかっちゃいないんだ。

弱さを出す勇気。
いや、その心意気が強さへの道しるべではないだろうか？

着飾った心なんて、磨いたらボロが出るだけさ。

弱さを隠さなくなった時、
あなたは自分をどう表現するのでしょうか？
「私は……」

第4章 満月と花時代

死に対する生

レクイエム（鎮魂歌）。
魂を鎮める歌と言うのでしょうか。死者に捧げる歌と言うのでしょうか。

死は悲しい。たしかに悲しい。
だが、死がある事によって生があるのだ。
死が無いかぎり、生も無い。そうじゃないとこの世界は成り立たない。

死を知らずして、生の喜びは感じえない。
手放す悲しみがあるから、手に入れる喜びがあるのだろう。

仮に死ななかったらどうなるでしょうか？
生まれてくる事自体がうとましく思う事でしょう。
生を嫌がるとは、喜びを嫌がる。

そう考えるとおかしな話になってきますね。

死を目前にした時、生きている力強さを感じなくてはいけません。
生きている事に喜びを感じなくては、生きている意味がない。
死んでいる事への悲しみを感じるのならば、
生きている事に喜びを感じているはずです。

死を嫌がってもいけないと思うんです。
いいとこだけを貰おうなんてのは卑怯なんだと。
死を知らないと、本当の優しさは手に入れられないと。

死に向かって生きている。と、までは言いませんが、
いつかは死ぬから、今を生きていく。
いつかは死ぬから、精一杯生きていく。
いつかは死ぬから、誕生を喜ぶ。

軽い気持ちで「死にたい」なんて言う奴は喜びに飢えているのでしょう。

なにせ軽い気持ちですからね、
ちょっと喜ばしい事があると「まだ死ねない」なんて言うんでしょう。
「死」を悲しむ行為に対して、「生」を喜ぶ行為。
生まれてくる命は、死んでいった命があったからなのだ。
その事を考えて生きてみる。

人は死ぬ。
間違いなく死ぬ。そして生まれる。
死に生を感じ、生に死を感じる。
死ぬ事に悲しみを、生きている事に喜びを感じなくなってしまう。
それではマズイですね。

死ぬ事に生きている喜びを感じ、生きている事に喜びを。
では、悲しみは？　どこへ？
やっぱり死は悲しいのだ。

こんな事を考えるのは、死を隠そうとするから。
悲しい事は忘れてしまおうとしているから。
死を隠した時、自分でも死に対しての視野が狭まる。
もしくはまったく見えない。
恐いのだ。死ぬ事が。
当たり前だ。
隠している事自体を忘れてしまっている。

生を喜ぶ時、何故喜ぶか考えた事があっただろうか？
喜ばしい事も悲しい事も忘れてはいけない。
それだけは、確かな事だと思う。

私が書く理由

私はこれまでそれなりに書いてきた。
正確には「残してきた」気持ちと記憶を。
昨日のコト、去年のコト、理解出来ないコトもあった。
明日になれば、何故こんなコトを書いたのか疑問に思うコトもある。

外からの刺激に敏感である。
内側まで浸透するのに時間はかからない。
例えば、赤いペンキを塗られれば赤っぽく。青であれば青っぽく。
塗られた色によって自分のカラーが変わる。
時にはどす黒く、時には半透明に。

「透明」という色がある。
だから何度でも塗り替えていける。

真の水色。アクアブルー、マリンブルー、そんな名前ではない！
ウォーターカラーだ。透明な色。青じゃないのだ。

今のこの気持ち、いつか早い期間で忘れてしまうのだろう。
そして、これを読んだ時に思い出すのだろう。

私が書いたこれこそ、未来の私へのペンキである。
1週間後、1ヶ月後にこれを読んでみた時、思い出すでしょう。
白っぽいオレンジ色（ピザを食べた後に口を拭いたペーパーの色）だったコトを。

だから私は書くのです。
明日のタメに「書き残す」のです。
過去を思い出せるように。そのタメなのです。

へそまがりの信念

「ひねくれもの」そう言ってしまえば、それまでですけど。
でも頑固じゃないんでね。
柔軟であるがゆえのひねくれ具合。

ボクは好きですねぇ、ひねくれた優しさ。
どこか不器用さを感じてしまいます。
一見、反対方向ばっかり目指している様に見える姿勢も、
実は自分の信念の元に行動したにすぎない。
これこそが、柔らかさのある事の証明。

どういう事か？
これは賛成、これは反対。はっきりしているのです。
人と反対を選んでしまう。ではなくて、
人と選ぶのが反対だった。なのです。

別に意地を張っているワケではなく、
そう進みたいと願ったから。
それだけなんです。ただそれだけ。
理由なんてのは、簡単な事なんです。

正義も悪もあるから成り立つのです。
アホな方へ進む奴は進むのです。
それは一人の人間の人生なんですから、
否定ばっかしてはいけないのだと思います。

へそまがりの信念の持ち主達へ、
「あなた方はたぶん間違っている。
しかしそれは、正しさの道しるべなのです。」

満月の契り

寒く透き通った冬の空。
静かになった冷えた道路と、静かに光る月がある。
満月には何かの力があると思う。
潮の満ち引きも月の引力だとかなんとか。
人の気持ちもその引力に引かれたりするんじゃないだろうか？
地球の引力から少しは解放され、心から重さが取れていき、
楽になったりしてるのかもしれない。

重く背負った時、空を見上げてみると満月だった。

涙をこらえた時、空を見上げてみると満月だった。

希望を持った時、空を見上げてみると満月だった。
静かであればあるほど、その想いは研ぎ澄まされる。
鋭くなった感性は、時にヒトを傷つけ、時に闇を切り開く。
満月から受けるパワーとは、
ヒトが眠らせていた心の原石を磨いてくれるのでしょう。
今宵も満月の夜。
「宙《そら》へ行きたい」
そう言った。

フィルター

目に口に、耳にフィルターがある。
そして心にもある。
いつのまにかフィルターを通して生きているような気がする。

すべてにフィルターがあるとして、汚れは溜まる。
掃除をしなくちゃいけない。埃を取らなくちゃいけない。

口のフィルターが一番汚れるだろう。
嘘ばっか言ってるからそうなるんだ。
そう言わなくちゃいけなかった……。
なるほどね。しかたないです。
だからどうした？

どんな状況であれ、どんな場合であれフィルターは汚れるのだ。
そんな「時のしかたなさ」なんて関係ないんですよ。
そのタメにフィルターがあるんでしょうしね。

これによって耳のフィルターは汚れてしまう。
取り換えなくちゃいけなくなる。
どうやって?
それはたぶん出逢いによって。ヒトやモノとの出逢いによって。
瞬間的にガラッと変わってしまうもんです。
それまでは自分で掃除しておきましょう。

フィルターごしに見る世界は汚れているでしょう。
それは世界が汚れてしまっているからだ。
それとも汚れていると思っているからだ。

本当に信頼しあう仲とは、フィルター無しでもいい。
逆に邪魔ですね。よけいなモノなんだろうな。

そんな出逢いはとてもすばらしい。
心のフィルターを取り外せる日とは……。

殻を破る

とっても嫌な時、「自分の殻」に閉じこもってしまいます。
それはとても硬く、内外を別ける特別なモノ。
憎しみや嫉みとかね、簡単に言うと気に入らない事。
そんなのが詰まっていくのでしょう。
人生を大切に思えば思う程、その量はとんでもなく。
もう限界に嫌な瞬間が訪れた！
何もかもが気に入らない。自分さえもね。
不幸であるように思う。

『パリッ』

殻が破れる。いや、破ってみる。
以外と気分がいいもんです。
概念の逆転と言いましょうか、ひらめきの一種です。
「あきらめ」に似たこの感情。
実は「挑戦」だったりするんですよね。

「殻を破る」生まれてくるワケです。
中身は憎悪で一杯ですが、出しちゃいけないなんて決まりは無いのです。
確かめるんですよ！　自分の憎しみの大きさを。

必要なのは「勇気」でしょうか？
ボクは「好奇心」が一番の材料だと思います。
殻を破った後の世界はどうなんだろうか？
この嫌な感じは何処から来るのだろうか？

「好奇心」と「探求心」
この二つが殻を破るのかもしれませんね。

そう考えるとアレですね、このヒトに憧れます。

『冒険者』

一つの小さな夢

数ある夢の中からチョイス。
セレクトするのは自由。人間みんな、ほんとは自由なんだ。
思考まで制御されたくはないしね。
強制的画一化はいけませんよ！

話が横道にそれちゃいましたが、
私の小さな夢。忘れかけてた夢。

〜〜〜アイツはオレが誘う〜〜〜

能ある鷹は爪を隠す。
小者にはその本当の力を見せない。
好敵手が現れた時、楽しいくらいに力を出す。

そして激しくぶつかり、最高の生き方をするんだと思う。
そのタメには、私自身が強くなくてはいけない。
友である以上、強い鷹でなくちゃいけないんだ。

一緒に飛ぶのさ！　オレとアイツは。

小さな夢。
しかし、大きなコト。
生きる楽しさ、ここにあり。

時代

この時代に生まれ、幸せに思う。
歩んできた道は薄れてしまっている。
今から歩むべき道が色濃くなり、過去が薄れてきている。

私の中での時代がある。
私個人のたった一人の時代がある。
もう何回変わってきただろうかな？
一つ増えるたびに、一つ過去が薄れる。

もうすぐこの時代も終わる。
新しい時代が始まった時、何かを忘れてしまうかもしれない。
でも、それでいいと思っている。
また欲しくなったら手に入れればいいのだから。

入手困難な時代になったなら、
それだけやる気が出るってもんだ。
あの時代には簡単に手に入ったのにな……。
なんてのは、いつも言ってる事だし。
手放したからそう思うのだろう。

過去を振り返る。
それがあった時代、無くした時代、また欲しくなった時代。
考えてみると歴史は繰り返す。
ただ、それぞれの時代に生きる自分は違う。

いろんな時代があり、いろんな自分がいる。
そんなのを見てると楽しい。

はて？　どこから見ているのだろう？

花

一枚の写真　見上げている横顔
この空に何を思う

走り出した今　雨が降り続く
遠くまでいけると思った

大切な思い出ばかりで　何一つ手放したくなかった

いつも通りの明日には　興味など無かった
ただ一つ　目の前に花が咲けばよかった

それだけで　未来は変わる
そう信じるしかなかった

第5章　生き続ける命

生き続ける命

親愛なる者達へ。
ワタシはきっと忘れないでしょう。あなた達を。
ワタシが消えてなくなるまで、生き続ける命。
逆に、この世に存在しつつも死んでいる者達もいる。
思い出すコトさえ忘れてしまったのです。きっと悲しいコトなんだ。
甦るコトは可能だ!!
また出逢い直せばいいのだ。実に簡単。
　「出逢い直し」
なんてステキな言葉なんでしょう。

希望たっぷりの香りがしますね♪
さぁ、出掛けましょう!!　心のお出掛けです。
今までに出逢ってきた事実と出逢い直しましょう。
生き続ける命は、出逢い直した時から始まってもおかしくはないのです。

ポケットの中

何気なくジャケットを着る。
何気なくポケットに手を入れる。
「ジャラッ」と音がして、気付く時がありますね。嬉しいコトであります。

僕の場合、それが煙草だったり、目薬だったり、ボールペンだったりするワケですけども、
一番嬉しかったのは指輪でしたね。
アクセサリーってのは、軽い気持ちで買っても不思議と愛着が湧きます。
指輪は特別そんな感じがします。

ポケットという「見えない自分の中」で眠っていた指輪。
忘れていた年月が長ければ長い程、その感動は凄まじく、涙するコトもあるかもしれません。

なんでもかんでも整理整頓するのはいいですが、
ちょっとだらしない方がこんな感動を味わえるんじゃないでしょうか？
ヒトってそんなものではないでしょうか？
度合いによりますけど、多少ユルんでいる方が人生を楽しめる気がします。

「ポケットに小銭が入ってる。」

素晴らしいコトです。

これくらいのユルさ、必要なのでは？

いたずら人生学

いたずらは決していいモノではない。
しかし、まったくの悪でもないと思う。
小さい時のいたずらこそ、後々の人生で役に立つのだ。

例えば「落書き」
人様の壁や公共の壁に勝手に絵や文字を残す。
そこにはアートの原石があり、見せびらかすハートを養うのです。
例えば「万引き」
人様のモノを盗む。売り物をかっぱらう。
そこには手際の良さや度胸、戦略などの知能が必要なのです。
例えば「椅子引き」
人様が座る瞬間に椅子を引き抜き、しりもちをつかせる。
そこには観察力、洞察力、瞬発力が必要で、何より未来への予測が全てである。

温厚に育つと、これらの「たくましさ」が勉強できなくなります。

昔の人が言いました。

「可愛い子には旅をさせろ」

人生の中で大切なコトは、教育だけでは学びきれない。

その体に、その心に、その魂に刻まないと解らないコトってたくさんあると思うのです。

触ってみないと棘が痛いなんて解りません。

「いたずら」から学ぶ大切なヒトとしての心、僕はあると思います。

迷惑なんですけどね。（笑）

傘を忘れる

みなさんには、大切な「何か」ありますか？
ボクはその一つに傘があります。とても意味がある一本の傘です。
ボク以外から見ると、ただの傘なんですけども。

ある朝、雨が降っていました。
傘をさして歩くのは当然ですよね。
それから2日後、また雨が降っていました。
すると傘がないのです。どこにも。
「無くしたのか？」
2日前の帰りは雨は止んでました。

どこかに忘れてきたのだろうか？
大切な傘なのに、こうも簡単に忘れてしまっていいものだろうか？

傘が無いコトよりも、傘の存在を忘れてしまっている自分にショックを受けました。
ボクの傘に対する大切レベルって、そんなモンだったのか！
生きている時間の中で、五本の指に入るはずの存在。
あっさりと落ちてしまいました。

しかし、傘とボクの縁は切れません。
次の日には手元に戻ってきました。
本当の持ち主はソレを求め、ソレは本当の持ち主を求める。
自然の摂理であり、お互いのかけ引きであり、確認である。
かけがえの無い存在であるコトを証明したワケですけど、
きっといつか忘れるだろう。それもあっさりと。

「忘れる」。この行為の真意は解らない。
ヒトがなぜ忘れたりするのか？　なぜ忘れてしまうのか？
ボクには解らない。

夜の散歩道

何も考えずに歩いているこの道。
その昔、ここは戦場だったかもしれない。
湖だったかもしれないし、草むらだったかもしれない。
今はヒトが通る歩道となっているだけだ。

過去に何があったのか知らないけど、ボクには関係のないコトなのだ。
ボクにとっては、散歩道でしかない。

午前一時を過ぎると、冷たい風が吹く。
道が顔を変える瞬間だ。
昼間の暖かく柔らかいイメージとは違い、冷たく鋭いイメージを受ける。
その鋭さは、光さえ感じてしまう。

何かを経験した後ってのは、夜の散歩道を連想させる。
自信を持ちながら、どこか淋しい強がり具合。
時計の針さえ命の鼓動に聞こえてしまう。

明日のコトを考え始め、昨日のコトを想いだす。
そんな歩き方をしながら帰る。
家路についた時、答えが出ているコトを願おう。
心地よく眠れるはずだから。

また一つ、パズルの場所が見つかった。完成に一歩近づいた。
終わるはずのないパズルを作り続けるコトに、
人生の美学がある様に思える。

*

あとがき

「本、出すことになった」

まあ、みんな驚いてましたね。

意外なことをやってみるのは、楽しくてしょうがないです。今回はいろんなタイミングが重なりまして、出版することになりました。

一つは両親、一つは友達。タイミングというものは、人間関係でつくられているのかもしれません。

僕は「成長した」とは思いません。「変わった」と思っています。これからもそうでしょうし、良くも悪くも人生は進んでいくのです。

僕自身の時間の中に「約束の日」がありまして、二〇〇四年がその時なのでした。

二〇〇四年五月

中野　雅文

著者プロフィール

中野 雅文（なかの まさふみ）

1978年12月30日、長崎生まれ。
18歳の時、福岡に移る。

見えない星に気付く時

2004年7月15日　初版第1刷発行

著　者　中野 雅文
発行者　瓜谷 綱延
発行所　株式会社文芸社
〒160-0022　東京都新宿区新宿1－10－1
電話 03-5369-3060（編集）
03-5369-2299（販売）

印刷所　図書印刷株式会社

ISBN4-8355-7622-5 C0092